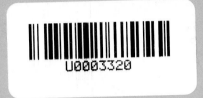

Field Trip to the Ocean Deep

校外教學到海底

約翰．海爾JOHN HARE 著

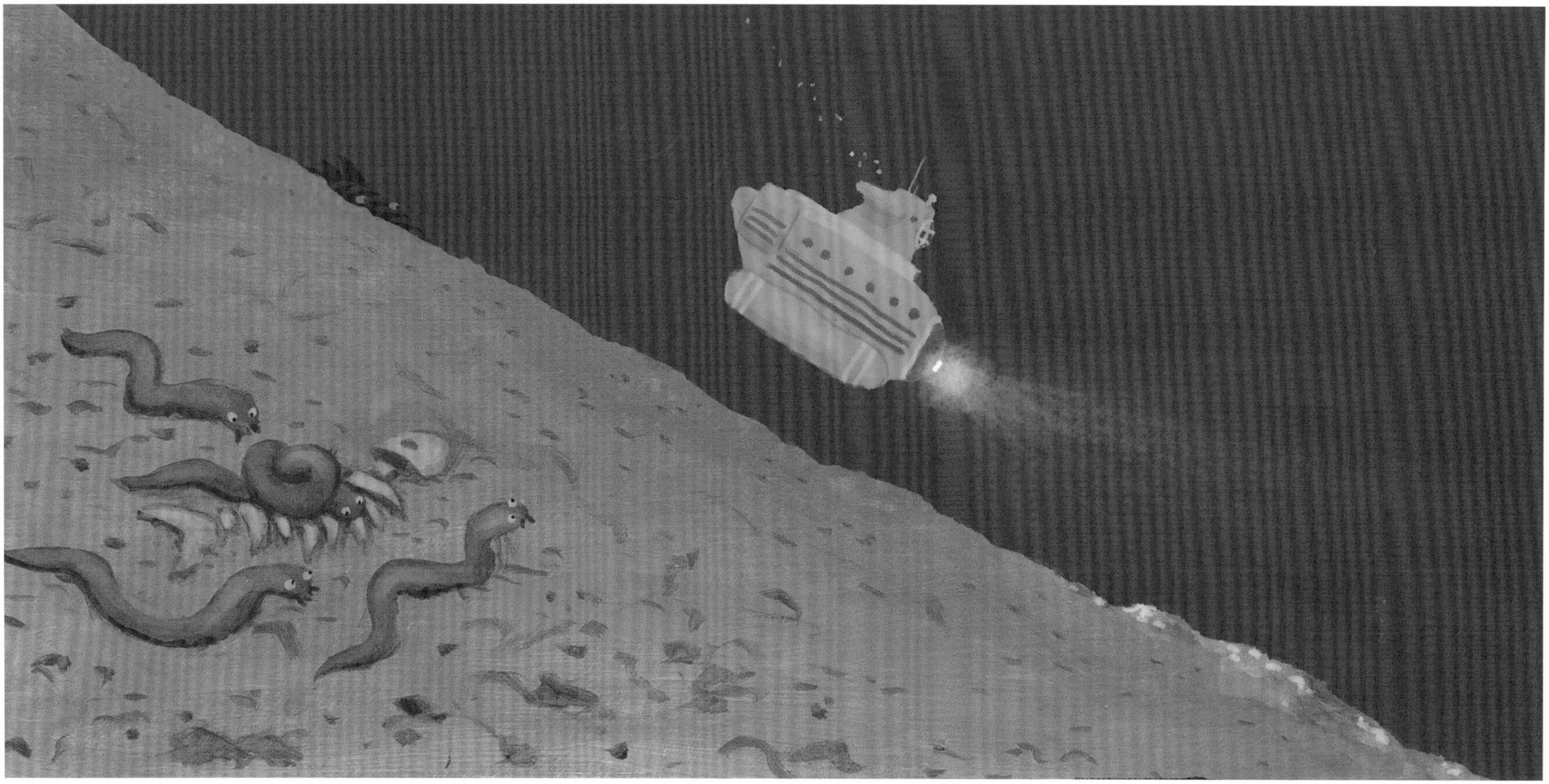

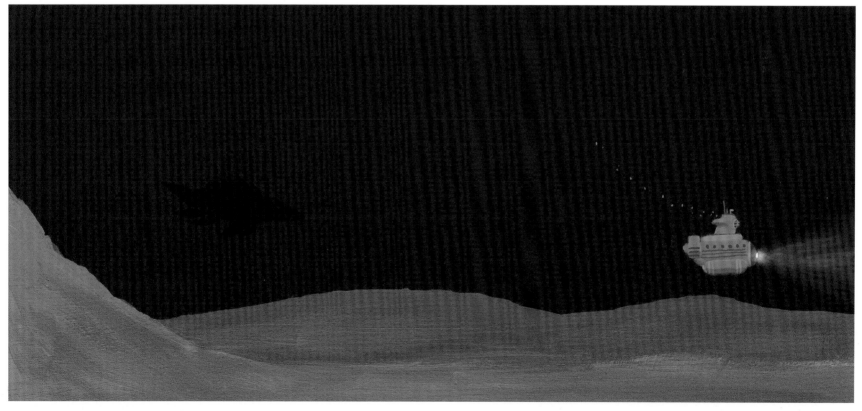

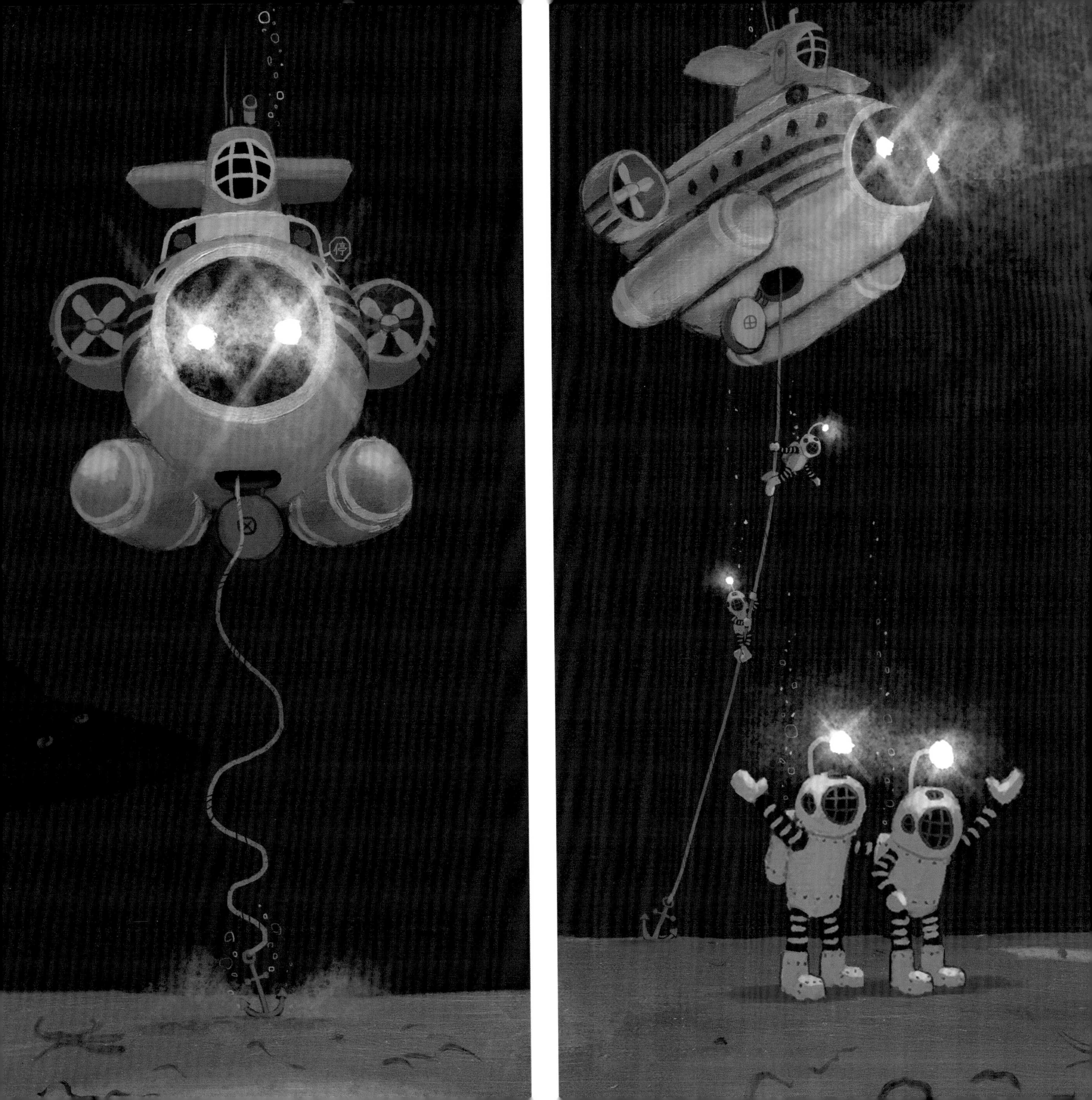
停

喀嚓

喀嚓

喀嚓

喀嚓

喀嚓

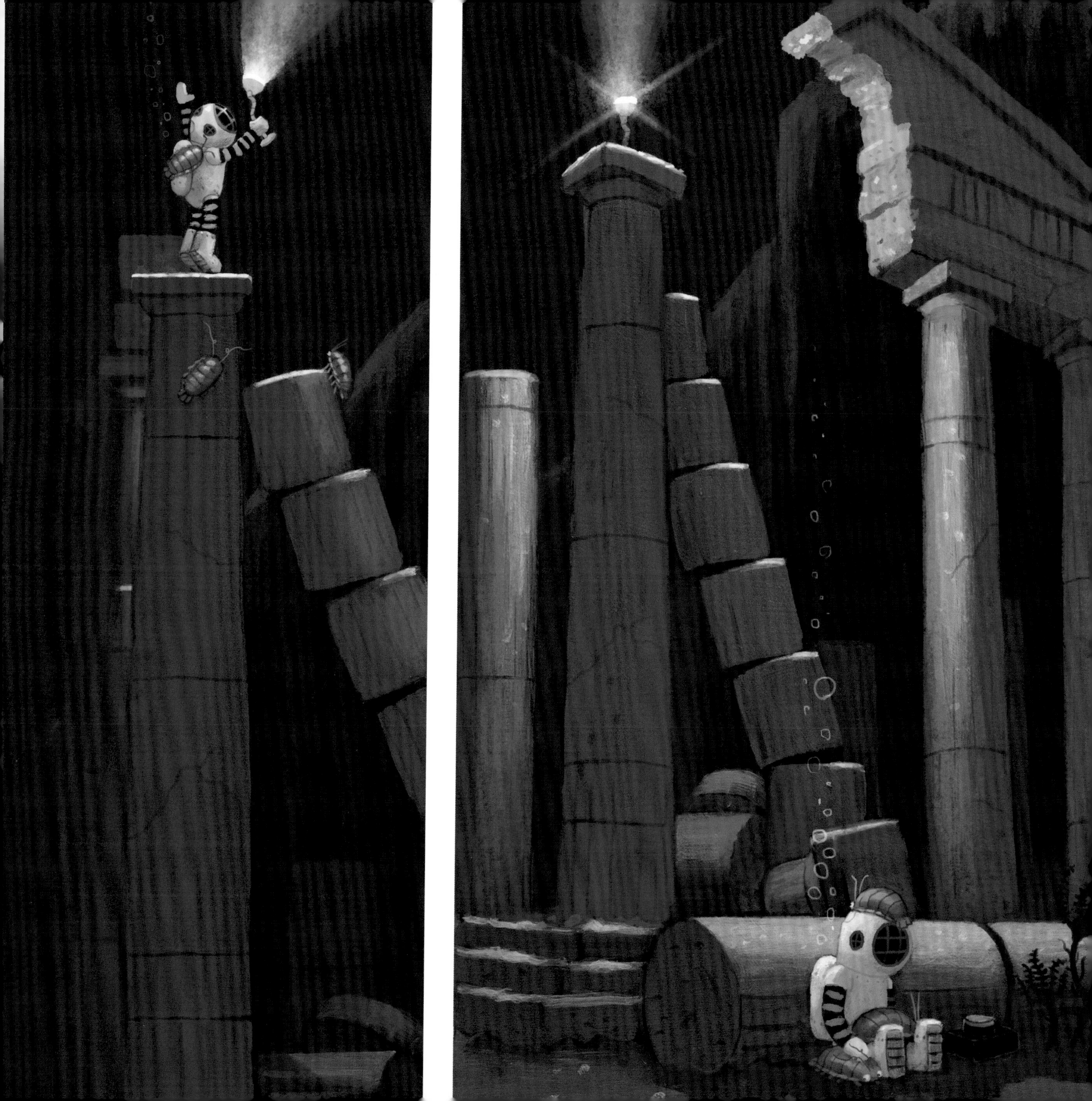

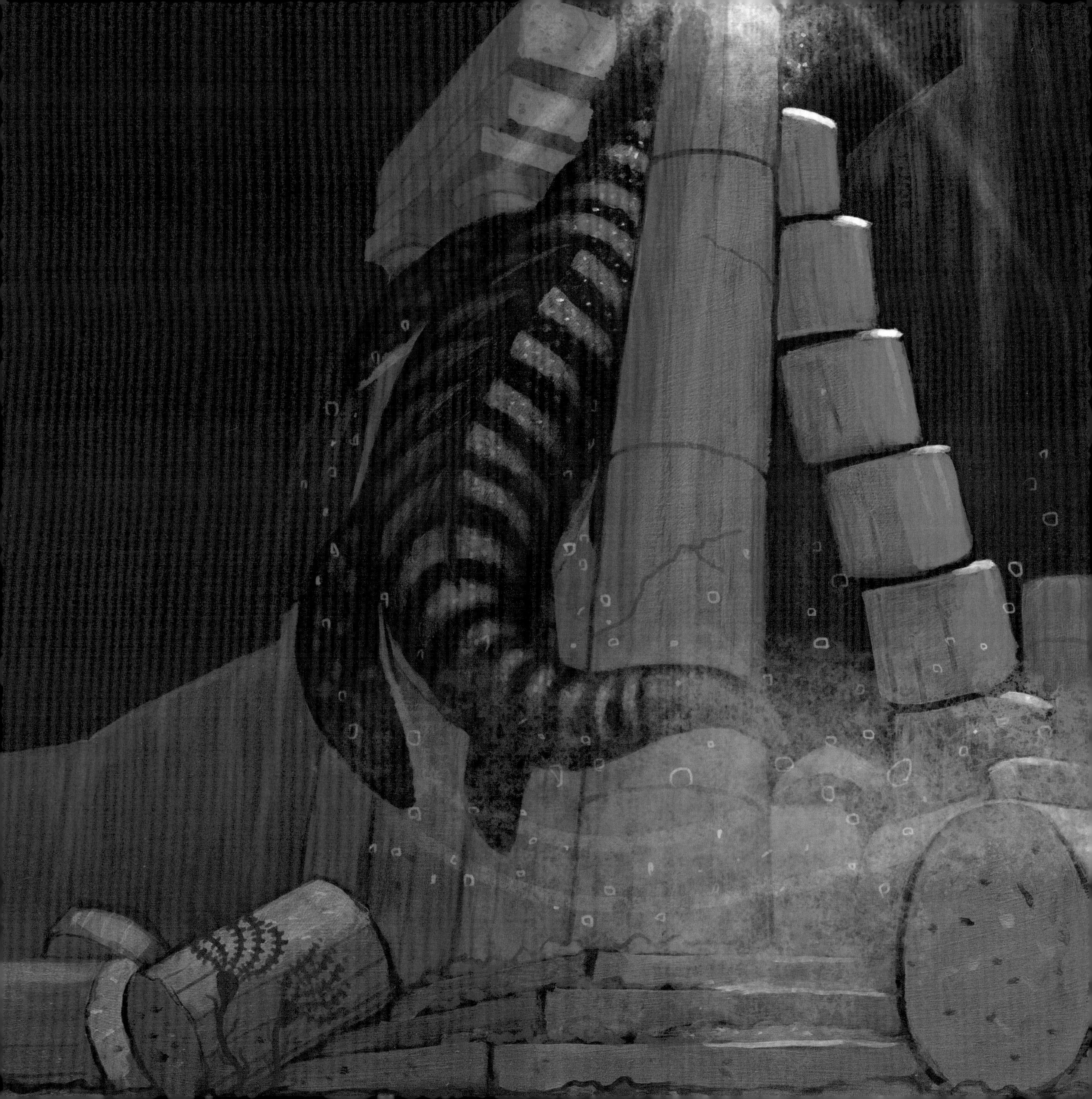

喀嚓

喀嚓

喀嚓

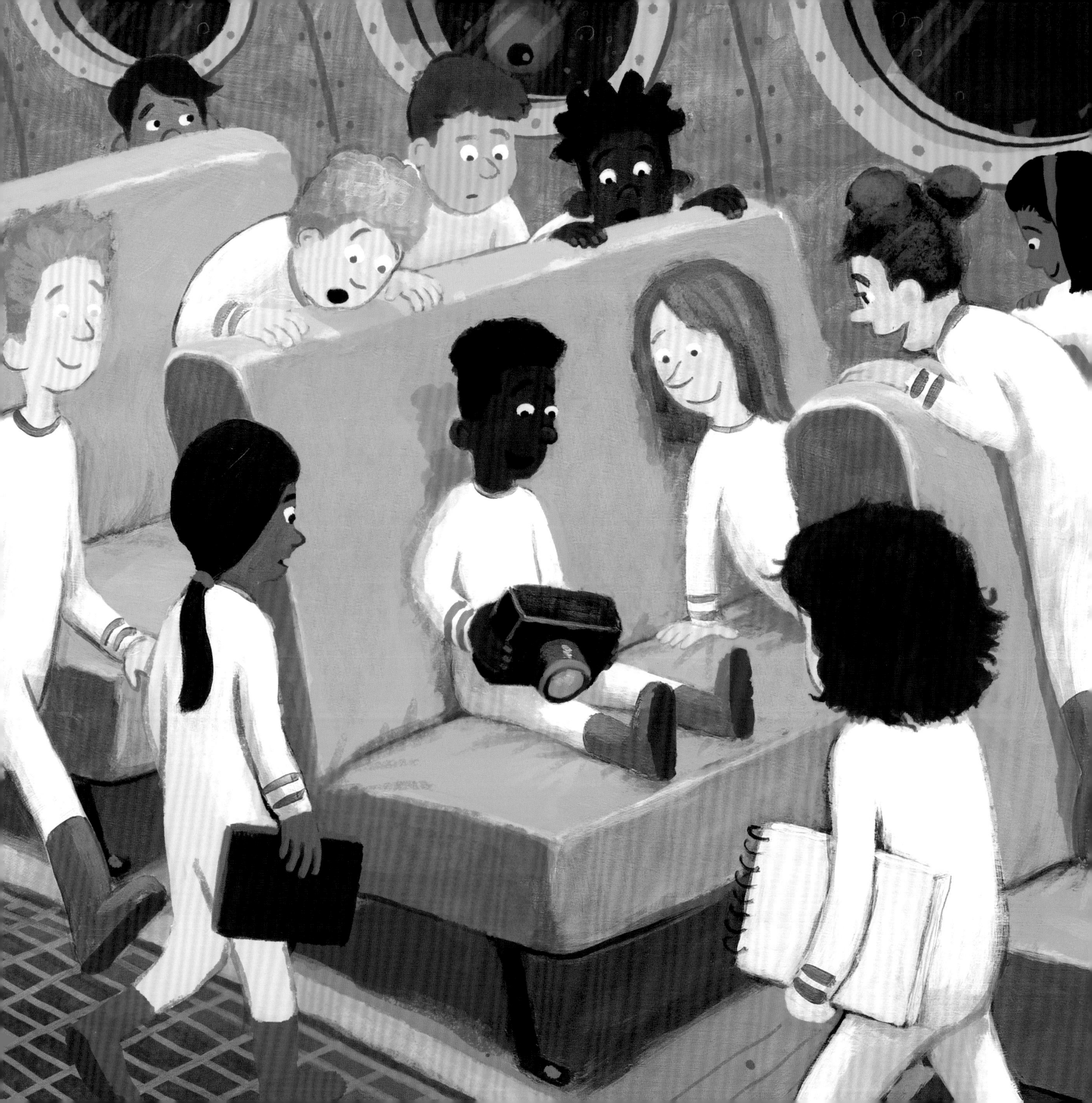

潛水艇

發光烏賊

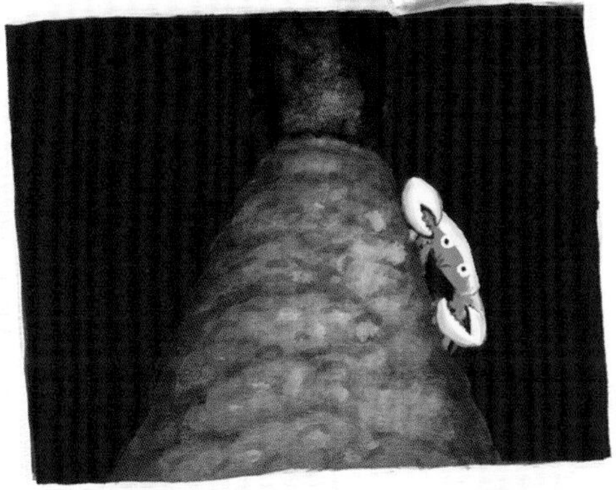

黑煙囪和螃蟹

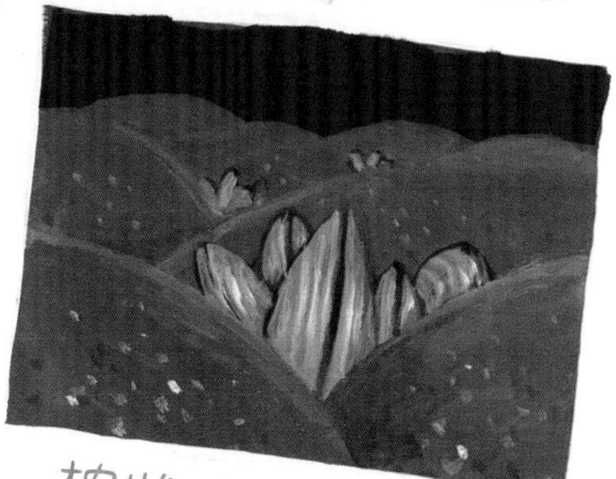

枕狀熔岩和蛤蜊

大王具足蟲

上龍？

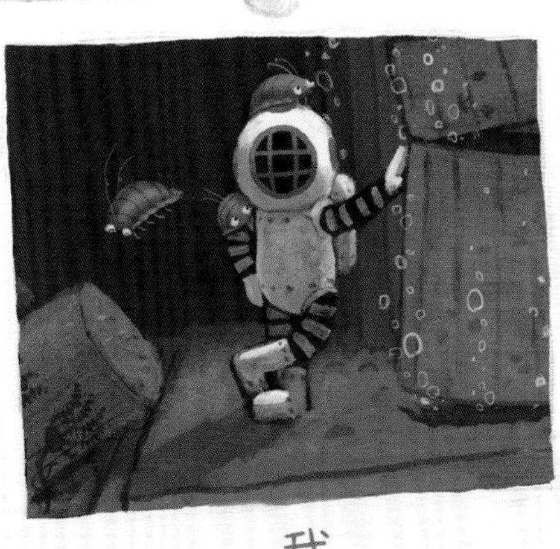

我

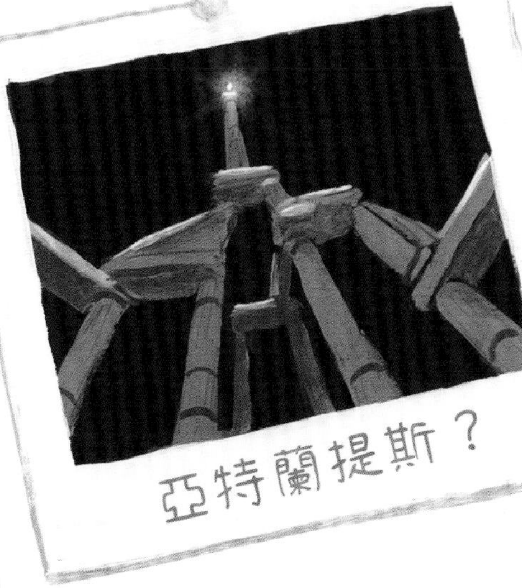

亞特蘭提斯？

獻給爸爸

約翰・海爾 John Hare

美國人，插畫家、設計工作者。《校外教學到月球》是他的第一本繪本作品，以寂靜太空爲發想，創造出充滿想像力的太空世界。一推出卽大受歡迎，榮獲「歐洲吹笛者文學獎」、「美國圖書館協會選書獎」等十一項國際大獎肯定。系列作《校外教學到海底》亦受到《兒童圖書中心會刊》、《號角雜誌》等書評媒體讚譽，並獲「美國金鴨子圖畫書獎」、「美國小學圖書館協會選書」，此系列還有《校外教學到火山》。

繪本館

校外教學到海底

小麥田 Field Trip to the Ocean Deep

作者：約翰・海爾John Hare／封面設計、美術編排：翁秋燕／責任編輯：蔡依帆／國際版權：吳玲緯／行銷：闕志勳、吳宇軒、余一霞／業務：李再星、李振東、陳美燕／總編輯：巫維珍／編輯總監：劉麗眞／事業群總經理：謝至平／發行人：何飛鵬／出版：小麥田出版／115台北市南港區昆陽街16號4樓／電話：(02)2500-0888／傳眞：(02)2500-1951／發行：英屬蓋曼群島商家庭傳媒股份有限公司城邦分公司／115台北市南港區昆陽街16號8樓／網址：http://www.cite.com.tw／客服專線：(02)2500-7718｜2500-7719／24小時傳眞專線：(02)2500-1990｜2500-1991／服務時間：週一至週五09:30-12:00｜13:30-17:00／劃撥帳號：19863813／戶名：書虫股份有限公司／讀者服務信箱：service@readingclub.com.tw／香港發行所：城邦(香港)出版集團有限公司／香港九龍土瓜灣土瓜灣道86號順聯工業大廈6樓A室／電話：852-2508 6231／傳眞：852-2578 9337／馬新發行所：城邦(馬新)出版集團 Cite (M) Sdn Bhd. 41-3, Jalan Radin Anum, Bandar Baru Sri Petaling, 57000 Kuala Lumpur, Malaysia.／電話： +6(03) 9056 3833／傳眞：+6(03) 9057 6622／讀者服務信箱：services@cite.my／麥田部落格：http:// ryefield.pixnet.net／印刷：漾格科技股份有限公司／初版：2022年7月／初版三刷：2024年8月／售價：360元／版權所有・翻印必究／ISBN：978-626-7000-53-3／本書若有缺頁、破損、裝訂錯誤，請寄回更換。

校外教學到海底/約翰.海爾(John Hare)著. -- 初版. -- 臺北市 : 小麥田出版 : 英屬蓋曼群島商家庭傳媒股份有限公司城邦分公司發行, 2022.07
面 ; 公分. -- (小麥田繪本館)

譯自 : Field trip to the ocean deep.
ISBN 978-626-7000-53-3(精裝)
874.599 111003826

FIELD TRIP TO THE OCEAN DEEP

by JOHN HARE

This edition arranged with HOLIDAY HOUSE PUBLISHING, INC.
through Big Apple Agency, Inc., Labuan, Malaysia.

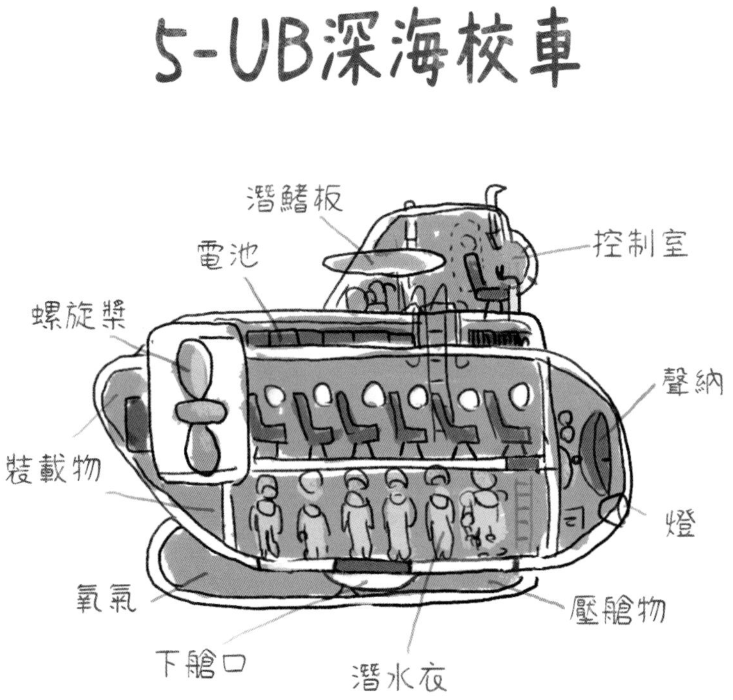

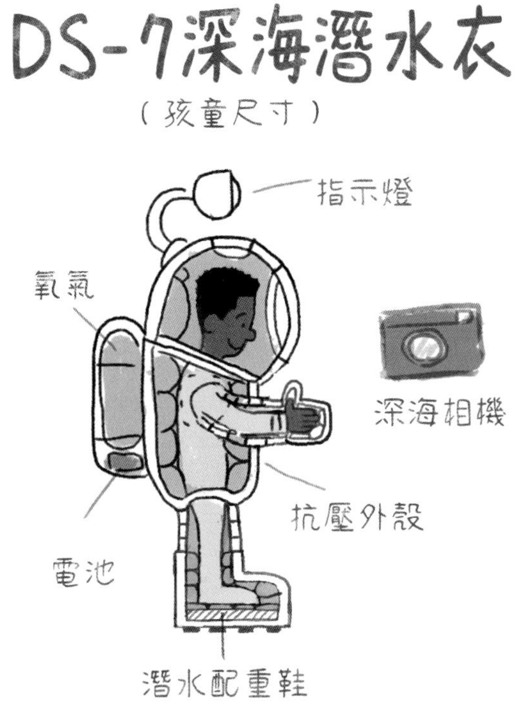